短編 こうして、縁は紡がれる

これは、雨妹(ユイメイ)が生まれるよりもしばらく前のお話。

楊玉玲(ヤンユーリン)はこの度後宮勤めをすることになり、都へ向かうところなのだが、ずっとため息を吐いてばかりだ。

「はぁ……」

──運がないねぇ、私は。

そう思って、また「ほう」とため息が出てしまう。

梁州(リョウ)にある楊の家は、それなりの位の一族の末端であり、宮城からの「人手を寄越(よこ)せ」という命令を無視できない立場であった。けれど後宮に入るためには、女であれば誰でもいいわけではない。まずなによりも優先される条件として、処女でなければならない。姉たちはこの後宮入りの条件に当てはまらず、成人したばかりの楊にお鉢が回ってきたというわけだ。

しかし、楊は別に好いたり結婚を約束したりしている相手が里にいるわけではなく、そこを嘆いているのではない。嘆きたいのはむしろ楊の姉たちで、噂(うわさ)に聞く都での華やかできらびやかな生活というものに憧(あこが)れていたらしい彼女らは、楊にその栄誉を持っていかれたと嘆き騒いでいた。楊は

楊が「運がない」と嘆いているのは、今回の同行者のことだ。
「ふぅ」
楊の目の前に座るまだ歳若い青年もまた、先程からため息ばかりを繰り返している。
「坊ちゃま、ため息が多いと鬱陶しいですよ」
その青年は付き人らしき中年女に叱られた。
「うん、けどうまくやれるのか不安で、はぁ……」
これに青年はそう返事をしてから、またため息を吐く。そしてそのため息が、自然と楊にうつるわけだ。
この青年、名を明永といい、楊よりも年下であろうか？　楊の住む里の隣の里に住んでいたらしいのだが、彼もまた宮城に兵士として出仕するために、都に向かっていた。そしてこの明が乗る荷車よりも多少マシな馬車に、楊はありがたくも同乗させてもらっているのである。
　──辛気臭い奴だ、全く。
この青年と都まで一緒だなんて、本当に運がない。
いや、楊だってちゃんとわかっている。この明は楊よりも良い家のお坊ちゃまであり、少数だが護衛付きである彼の乗る馬車に同乗させてもらえるのは、非常に幸運なことだろう。
数年前、この崔国の皇帝が乗る馬車が崩御した。
皇帝はもうかなりの高齢であったというから、死んでしまったのは自然の摂理であろう。問題は、

002

その次代が誰になるか、揉めに揉めて未だに決まらず、むしろ次代を争ってあちらこちらで戦が起きていることだ。
　この乱発する戦のせいで、どこだって里から一歩出るのも命がけなのに、そんな中で宮城は「人手が足りないからこちらに寄越せ」と言ってくる。その人手が、都にたどり着くまでに死ぬ可能性が非常に高いだなんて、きっとお偉い方々は気にもしないのだろう。そのため、誰か宮城側からの案内人がいるわけでもないのだ。
　しかも今の季節は、夏の暑い盛りである。梁州の夏はカラカラに乾いた熱風が絶えず吹き付けるので、度々水を飲んでいないと干からびてしまう。竹筒のぬるい水であっても、貴重な甘露である。
　そんな中で、道中ではたまに戦の小競り合いの跡に遭遇することがあり、もしそこに死人が放置されていたならば、通りすがる身からするとたまったものではない。運が悪ければ、あの死人は明日は我が身であるのだから。
　——ああ、嫌だ嫌だ。
　先行きが全く明るくないこんな時代に生まれてきてしまった、己という存在そのものが不幸なのかもしれない。そんな中で明家から、「都に向かうのであれば、同乗するのはどうか？」とかなり遠い縁を辿って声をかけてもらえたのは、不幸中の幸いなのだろう。
　だがその幸いを、この辛気臭い青年が台無しにしているのだ。
　そんな中で唯一楊の気持ちが和らぐのは、明の付き人である中年女が宮城裏話をしてくれる時だった。

どうやらこの付き人はこれから楊が向かう場所である後宮で働いていたことがあるらしく、「後宮七不思議」とやらを少しずつ披露してくるのだ。おかげで未知の場所である後宮という場所が、見知った場所に思えてくるから妙な気分である。

そんな楽しさと居心地の悪さのあった道中も、そろそろ終点となっていた。都の門が見えてきたのだ。

「通って良し」

楊も明たちも、宮城からの文を見せると門を通ることができた。

門の奥は、いよいよ都だ。

「ぺっ、ひどい土埃(つちぼこり)だ」

都入りを果たしてまず楊が感じたのは、口の中が土の味がしそうなくらいの土埃であった。都に近付くにつれて、暑さは次第に和らいできたように思えたのだが。暑さの代わりの、この土埃はたまらない。行き交う人馬の数がとてつもなく多いので、土埃が地面に落ちる暇もないと見える。

このように、都の第一印象はあまり良くない楊であったが。

「なんであんな餓鬼共がよくて、俺らが駄目なんだ!」

そんな楊の方へ、門を通ることができずにいる連中が恨めしそうな目を向けてくる。

「うるさい、さっさとどこへなりと散れ(やり)!」

苦情を申し立てる者たちを、門番は槍を振って追い払っている。楊はその様子を横目にしつつも、

連中に絡まれるのは御免だとばかりに、そそくさと門を通り過ぎていく。
「なんで、あの人たちは入れないんだろうね？」
明が門で止められている者たちを見て、そんな疑問を口にした。
「さて、なんででしょうねぇ」
それにとぼけた調子で応じる付き人は、知らないというよりも答える気がないのではないか？と楊は勘ぐってしまう。

この女は、どうも本当は都になんて行きたくない様子であって、しぶしぶ主夫妻の大事な息子を送り届ける役目を請け負ったのだ。それでも主夫妻に泣き付かれということらしいと、楊は察している。

そのような付き人の態度には既に慣れているのか、明は「不敬だ」なんて言ったりはしない。これが田舎住まいの癖に矜持だけは位の高い貴族のような己の姉たちならば、「無礼者！」と金切声を上げることだろう。

「あれは、流れの商人だね」

付き人の代わりというわけではないが、楊がこの疑問に答えてやった。

この戦乱で最も儲けているのは都の商人だという話は、ここまでの旅の道中でちらほら聞いた話だ。なにしろ宮城が、戦の物資ならばどんなものでもたんまりと買ってくれるのだから、商人たちは笑いが止まらないことだろう。あの連中もその儲けに与りたくてここまでやって来たのに、追い払われては骨折り損というものだ。

「へぇ、詳しいんだ」

これを聞いて感心するように目を見張る明に、しかし楊は「フン」と鼻を鳴らす。

「そりゃあ、可愛げがない女だっていうことだね」

明はこれが想定する答えと違ったのか、びっくりした顔で楊を見てくる。里では楊のこういう所が、周囲の男たちから「嫁にしたくない」と言われ、姉たちからも鬱陶しがられたのだ。

「お前さんはもうちょいと男を転がしてやれれば、もっと生きやすいだろうにさ」

そんな楊に、付き人がそのように言ってくる。

「仕方ないよ、性分は変えられないんでね」

楊はそう告げて一つ息を吐く。

けれど後宮という場所であれば、里では周囲とどうにも馴染めなかった楊でもやっていけるかもしれない。そんな希望があったからこそ、この話を受け入れたのだ。

門でのやり取りの後、楊は宮城まで歩いていくこととなった。

これは、お付きの提案があったからだ。

「楊よ、お前さんはもしかすると、これが都の風景の見納めかもしれないんだ」

「……まあ、そうなるね」

楊は後宮という場所での生活がどのようなものなのか、一応事前に聞かされていたのだが、聞いていないこともあった。それは、一度後宮内で勤めだしたならば、滅多な事では後宮の外へは出ら

れないということだ。このことを、この付き人の話の中で初めて知った楊であった。
　──話を持ってきた奴も、これが知られると嫌がって逃げるかもしれないと思ったんだろうよ。
　しかしよく聞けば、後宮内は楊の暮らしていた里がいくつも入るくらいに広大であるらしいし、それであれば窮屈さなんてものはないだろう。それに今の戦乱の状況だと、外へ出られないのは里であっても同じことだ。そもそも、里から一歩も出ないで暮らしているという者たちは、楊が知るだけでもかなりいた。
　それに、上手いことお偉い方の遣いを請け負えるようになれば、外だって一時的にだが出られるという話である。ならば、楊にはなにも問題ないように思えた。

　そんなわけで、楊はぶらぶらと大通りを歩きながら宮城へと向かう。
「はぁ～、賑やかなものだよ」
　通りはまるで今から祭りが開催されるのか？　と思える程に賑やかだった。見る物全てが珍しい楊は、忙しなくあちらこちらへ視線をやる。
　そうそう、あの明はというと、門を通ったら寄り道せずに真っ直ぐ宮城へ向かわなければいけないようで、楊よりも先に宮城入りするそうだ。ようやくあの辛気臭いため息と離れられて、楊はせいせいする。
「一人歩きは危ないから護衛を残そうか？」
　そう明から提案されたものの、護衛付きの方がどこの媛かと思われそうで、即座に断った。せっ

かくの一人歩きなのだ、それを誰かにあれこれと指示されたくはない。

　それにしても、あのうるさい姉たちですら目にしたことのない都に、今自分は立っているのだと思うと、なんだか自然に顔がにやけてくる。通りで行き交う誰もかれもが明るい顔をしている。いつだって「どこそこの里が兵士くずれの野盗に襲われた」なんていう話で持ち切りの上に、誰もが暗い顔でビクビクしていた里とは大違いだ。

　なんだか夢の中にいるみたいで、楊(ヤン)は現実味が感じられず、フワフワした気分になってしまう。そして楊が視線を上げると、通りのずっと先に赤い立派な建物が見える。あれが宮城なのだという。

　——というか、私は本当に大丈夫なんだろうね？

　都に来てしまってから心配するのもなんだが、本当に後宮は楊の身柄を受け入れてくれるのだろうか？

　宮城へは、家に届いた人手要請の文と楊家当主の文とを見せれば、事の次第がわかるようになっているという。けれど、都や宮城に知り合いがいるわけでもなし、本当なのか怪しいところだと楊は疑っている。もし後宮入りが嘘であったならば、都のどこかで下働きにでも入り込むか、小銭を稼ぎながらの路上暮らしをするしかない。「まあそれでもいいか」なんて楊はのん気に思っているのだけれども。

　このようにして、考え事をしながら歩いていたのが悪かったのだろう。

　ドンッ！

「うぁっ、と」
　誰かにぶつかってしまい、楊はふらりとよろける。
「気いつけな、田舎モンが！」
　そんな楊に、熊のような形相の男が荒い声を投げつけてくる。どうやらこの熊男とぶつかったらしく、楊が声の勢いに驚き、ビクリと肩を跳ねさせていると。
　バシィン！
　どこからか伸びた手が、その熊男の手を鋭く叩いたのが見えた。すると、その熊男の手からなにかが零れ落ちた。
「あ、それは私の財布！」
　そう、落ちたのは何故か楊の財布であったのだ。あの布のボロさ加減といい、汚れ具合といい、見間違うことはない。財布を仕舞っていた懐をぱたぱたと触ってみるが、案の定そこに財布がない。
　やはりあれは、楊の財布であるらしい。
「ぼうっとしていると掏りに遭うぞ、気をつけろ娘」
　熊男の陰になっていて楊からは見えないが、若い男の声が響く。
「あ、ありがとうございます！」
　楊はその親切な誰かにお礼を言いつつ、慌てて財布を拾う。あんなボロボロな財布を、いつまでも衆目に晒しているのも恥ずかしい。中身を確かめるとちゃんとお金が残っていて、ホッと息を吐く。都への旅の終わりであり、財布の中身は小銭程度の寂しいものであるのだが、それでも他人に

「ちっ！」

一方で、掏りに失敗したと悟った熊男は、舌打ちして足早にこの場から去っていった。

この一連の流れを、周囲の通行人は特に気に留めることなく、さっさと通り過ぎていく。これが里で盗みだなんだという話が出たら、里中を挙げての大騒動になるというのに、都人たちのなんと無関心で冷たいことか。

——護衛って、やっぱり必要だったのかもしれない。

里を歩く感覚で明の申し出を断ってしまった楊であったが、今更ながらにそのように思う。そして掏りに気付かせてくれた親切な人は誰なのかと、楊は周りをきょろきょろと見まわしてみたが、どうやらもうそこいらにはいないらしい。こちらもさっさとどこかへ行ってしまったようだ。

ともあれ、楊もこうなるともう都を見て回る気分になれない。

「……もう、とっとと行ってしまおう」

楊はそう独り言ちると、宮城に向かって歩き出すのだった。

さっさと宮城までたどり着きたい楊であったが、歩けど歩けど宮城の門へとたどり着けない。通りにいる人の多さでさっさと歩けないのもあるが、なによりも門が思ったより遠かった。あまりに宮城が大きくて、距離感がわからなくなっていたのだ。

——ちくしょう、遠いじゃないか！

くれてやれるはずもない。

010

そうぶつぶつと内心どころか小声で口に出して文句を垂らしながら、ようやく門へたどり着いた時には、楊はもうへとへとである。

「やっと着いた……」

門まで来て地面にへたり込む楊を、門番がじろりと見下ろしてきた。ここで怪しまれて追い払われてもしたら、苦労が水の泡だ。

「あの、後宮で働きに、参りました」

「では、お前は楊玉玲か?」

楊が息を切らしつつそう告げると、何故か門番から名前を言われた。

「そうです、これが証拠です」

しかしくたびれ果てている楊が、これにあまり疑問を感じないまま肯定の返事をして、都の門の時と同じように文を見せると、門番がひとつ頷く。

「先に通った新兵の連れから、話を聞いている」

なんと、あの付き人の女が楊のことを言付けてくれていたらしい。この気の利き方が非常にありがたく思う。どうやら路上暮らしはせずに済みそうな雰囲気で、楊はホッと息をつく。

——今後、あの人をお手本にしよう、そうしよう。

後宮という未知の場所へ、不安がないわけでもなかった楊だったので、このことでそう心に決める。

「こちらへぐるりと回って、見えてくる最初の門を叩くといい」

「はい、ありがとうございます」
 楊は行き先について教えてくれた門番に礼を言うと、まだ歩かなければならないことに若干げんなりしつつ、くたびれた足を無理やり動かすのであった。

 そうやって、門番に教えられた門までなんとかやってきたところで。
「しばし待て」
 楊がこちらの門番にも文を見せるとそう言われ、門の脇にある戸から中へと入っていく。
 それからなんと、かなり長い間放置されることとなった。
 ──えっと、なんでだ？
 楊は途方に暮れた顔で、地面に座って門に背を寄りかからせていた。
 まさかここまで来て、「やはりお前は受け入れない」などと言われるのだろうか？　誰かにもう一度尋ねようにも、誰も通りかからず、どうしようもない。他にやりようがないので、大人しく待っていた楊であったが、やがて空は暮れようとしている。
 自分はもしやこのままここで夜を過ごすのか？　と楊が心配になってきた頃。
 ギギィ。
 なんと、門の扉が内側から開いたではないか。
 ──やっとか！
 あの門番が戻ってきたのだと思い、ホッとして立ち上がった楊であったが。

「⋯⋯?」

予想が外れ、門の向こうから姿を見せたのはあの門番ではなかった。現れたのはそこそこ年嵩の女であり、彼女が開けた門からは、大荷物を詰んだ荷車がいくつも出ていき、楊の姿はその荷車からは隠されてしまう形になる。

楊もなんとなくその荷車を見送ったところで。

「おや?」

門前に一人残った楊の姿を目にした女が、驚いたように目を見張る。どうやら、ようやく気付いてもらえたらしい。

「お前は、そこでなにをしているのです?」

女がそう尋ねてきたので、楊は礼の姿勢を取った。よくよく見ると女はかなり良い格好をしており、このあたりの偉い人なのかもしれない、と楊はわからないなりに当たりをつける。

「あの、私はここで働きに来たのです」

楊はそう告げると、この女に宮城からの文を見せる。

「ふむ⋯⋯なるほど」

文を読んだ女がそう漏らし、ひとつ頷く。

「かなり前にこの文は出されたようですが、この文を出した者はもうここにはいない」

「えっ!?」

そして言われた内容に、楊は衝撃を受ける。

――そんな、手紙を出した人がいない⁉

このような状況は考えてもいなかった。楊に「宮城まで来い」と言った人物が現在ここにはいないのであれば、この件はなかったことになってしまうのだろうか？　もしや本当に、この都で路上暮らしになってしまうのか？　となると、楊の立場は一体どうなるのか？

様々な疑問が頭に浮かび、楊が顔色を青くしていると。

「お前、来たのが今頃になった理由は？」

女が楊に尋ねてきた。

昨今、文や荷物が遅れる理由なんて一つしかないというのに、そんな当然のことを聞いてどうするのか？　楊は不思議に思いつつ、これに答える。

「文が届くのにも、戦のせいでどこも道が塞がって、かなり遠回りをしたって聞いて……聞きました。私も来るまで苦労しました」

むしろこの文は途中で行方不明にならずにちゃんと届いたのだから、よほど重要な物として扱われたのだろう。

しかし不思議がる楊に対して、女の方も不思議そうにする。

「なんと、世の中はさようなことが起きるものなのですね」

女は気の毒がるでもなく、不可解なことが起きたとでもいうように告げた。

――言うことはそれだけ？

楊はそれこそ不可解である。女に盛大に同情してほしいわけではないけれども、もう少しなんと

いうか、いたわりの言葉くらいはあってもいいのではないだろうか？　お互いに不可解な顔を突き合わせることしばし、女は考え込んだ末に、楊に告げた。
「しかし、素性はしっかりとしているようですし、いいでしょう。新入り宮女としてお前を入れましょう」
「……！　はい、ありがとうございます！」
　どうやら、路上暮らしは免れたようである。

　しかし、そこで安心するのは早過ぎたらしい。
　楊は現在、女に連れていかれた先の建物の床で、ボロ雑巾の気分で床にぐったりと転がっていた。
　楊の身になにがあったのかというと、服を全部脱ぐように言われたばかりか、女の手で股を強引に開かされ、加えてソコへ散々なことをされたのだ。女が言うには「処女検め」であるという。
「股が痛い……」
　楊はそう零し、目を涙で濡らす。
　──あんなところを、他人に見られるなんて！
　いや、大人の話を盗み聞きしたという里の同年代の娘によると、どうやらソコは将来好いた男に見せる大事な場所らしい。だから楊も将来の夫へ開く場所なのだと思い、胸をドキドキさせていたというのに。まさかそれを、赤の他人にアレコレされてしまうとは。これに泣かずして、どこで泣けというのか？　まだ股の奥から道具のひんやりとした感触が消えず、なにか大事なものを失った

ようで、気分が落ち込む。

このように心に大変な衝撃を受けた楊がなかなか立ち直れず、メソメソしていると。

「お前が暴れるのが悪いのです。じっとしていればすぐに終わるものを。けれど確かに、処女であるようですね」

女がツンとした声で言うのに、楊はカッとなる。

「そう言ったじゃないか!」

噛みつくように叫ぶ楊に、女が呆れた目を向けてきた。

「真に処女なのか、その言葉を確かめたまで。これは皇帝陛下が住まわれる宮に入るのに、必要な作業と心得なさい」

そう告げる女に、楊はむくれ顔ながらも考える。

——なるほど、口先だけで誤魔化せないってことか。

姉たちが都行きに手を上げたのに、里を訪ねた役人は決して選ばなかったわけである。後々処女であると嘘をついたと露呈すれば、その役人とてきっと危ういに違いない。

つまり、楊家に真実男を知らない年頃の娘が、自分しかいなかったということでもある。里の同年代の娘たちに「考えが固い」だの「男の趣味が悪いのか」だの、さんざん言われた楊であったが、それがまさかここで生きることになるとは。これは己にとって喜ばしいことなのか、それとも嘆くことなのか、微妙な気持ちだ。

けれど次の女の言葉に、楊のむくれ顔も驚きに変わった。

「ただでさえ、今は新たな皇帝陛下をお迎えしたばかりなのです」

——え、新しい皇帝陛下がいるのか⁉

この話を聞いた楊は目を見開き、興奮で頬が赤らむ。

先の皇帝が亡くなって戦乱の世になり数年。「何者かが『我こそは新たな皇帝なり』と勝手に名乗りを上げた」という話はいくつか聞いたが、「実際に宮城で皇帝として立った」という話はこれまで楊の耳に聞こえてはこなかった。これが本当だとするならば、各地の里を苦しめている戦乱がこれで終わるということになる。

これからは物資を奪いに来るどこぞの「自称皇帝」とやらに怯えて暮らすこともせずに済むのか。この明るい未来を想像して興奮する楊に、しかし目の前の女は気付かない。

「その宮改めのために、わたくしとてどれだけの女の股を開いては見たものか。務めとはいえ、さようなものはこれ以上見たくもない。新皇帝とはまったく手間をかけさせられる、余計なことをしてくれたものよ」

そう愚痴を言う女の態度は、まるで新たな皇帝という存在が「わずらわしい存在」だと言いたげであった。

「⁉……？」

楊にはこの女の態度こそ、不可思議でならない。もしこれが、この都までの道中にあった里の大人たちであれば、「いよいよ戦が終わるのか」と涙を流して喜んだであろうに。何故女は喜ばないのか？

「新しく皇帝陛下がお立ちになるなんて、素晴らしいことではないですか」
思わず楊が話しかけるのに、素晴らしそうな目で見てくる。
「ほう、お前はこの話が嬉しいのですか？」
問うてくる女に、楊は熱意を込めてそう語る。
「もちろんです！　皇帝陛下は戦を全てなくしてくれるのですから」
「外の者は、そのようなことを気にするのか」
しかし楊の熱意にも、女は同意しかねるようであった。

このようにして辛い思いをした「処女検め」の後、楊は女から別の女へと引き渡された。しかしその者は大変忙しいようで。
「そこらの空いたところで適当にやってな！」
楊にそう言い放つと、どこかへ行ってしまった。
「空いたところって……」
一応案内されてきた場所は、表に台所がある造りの長屋がずらりと並んでいるのだが、どこにも人気がないので、誰になにを聞きようもない。その長屋を表から覗いて回ると、多少のがらくたが置いてあるだけで生活に必要な物はなく、どうやらこの長屋は一軒まるごと空き家であることが見て取れた。
──本当に、空いたところで適当にやるよ？　いいのかい？

楊は恐る恐るながらも、ここまでの移動やら「処女検め」やらで大変疲れていたので、空き長屋の一室に入り込む。

「はぁ～」

なにもない、牀すらもない部屋なので、楊は土間にごろりと寝転ぶ。やっと、やっと一息つけるようになったのだから、なにもなくとも今は十分にくつろげるというものだ。しかし、くつろいでいると猛烈な空腹に襲われた。そういえばなんだかんだのせいで、思えば朝食べてからなにも腹に入れていないのではないだろうか？

──そうだ、都見物でなにか食えばよかったんだよ。

とっとと切り上げてしまったが、思えば美味しそうな食べ物が色々と売られていたではないか。アレを買って食べていれば、今これ程まで空腹ではなかっただろうに。

なにはともあれ、楊はなにか食べ物があったかと、旅の終わりですっかり薄くなった荷物を漁る。すると底のあたりに芋が一つ転がっているのを発見した。どうやら、これを今夜の夕食にするしかないようだ。

表の台所を改めて見にいくと、竈は小さいながらも、どうやらつい最近まで使っていたらしく、薪が残っていたし、がらくたの中に鍋もある。なので楊は長屋の近くにある井戸から水を汲み、竈に火をつけて湯を沸かして芋を茹でて食べた。

さて、明日の朝はなにか食べられるのだろうか？　楊はそんな不安を抱きつつ、土間に転がったまま眠ってしまった。

019　百花宮のお掃除係9　特装版　短編小説小冊子

つくづく今が夏でよかった。これが冬であれば凍えてしまったことだろう。

「おぅい、お～い！」
——なんだ？
誰かの声で目が覚めた楊は、しょぼしょぼする目をこする。そして土間に寝転がった自分が今どこにいるのか一瞬わからなかったが、やがて昨日宮城へたどり着けたのだと思い出す。楊が「う～ん」と背伸びをして表の方に目をやれば、まだ日が昇る直前くらいの薄明るさだ。
「お～い！」
また声がしたが、これは表の方からだ。
——他に人がいたのか。
土間から起き上がって外へと顔を出せば、表に見知らぬ娘がいた。
「あ、いた！ おはようさん！」
その娘は小綺麗な格好をしていて、楊は旅の汚れを落とさぬままに土間に寝転がった自分の身なりが、今更ながらに恥ずかしくなってくる。
そう言ってにこりと笑いかける娘に、
「昨日ここで火を使っているのが見えた気がしたから、誰かいるのかなって思ったんだぁ」
「勝手にやったんじゃあないよ。空いたところで適当にやれって、昨日連れてこられて言われたんだ」

楊は懸命に服を叩いて土埃を落としながら、このように言い訳のようなことを述べる。
　楊の話を聞いて、娘がきょとんとした顔になる。
「あれ、じゃあひょっとして、昨日連れてこられたばっかり?」
「うん」
「なんにも話を聞いていない?」
「うん」
「うひゃあ〜!」
　大きな叫び声を上げた娘に、楊はビクリと肩を跳ねさせた。なんとも元気のよい娘だ。彼女はさらに、楊の両肩をバンバンと叩き、顔を覗き込んでくる。
「そりゃあ運が悪かったねぇ。昨日はお偉い人が出ていく日だったものだから、そっちにみぃんな行っちゃっていたんだ。もしかして昨日はご飯も貰えてない? 夕食で新入りなんていう話を聞かなかったものね」
　そして同情するように「よしよし」と楊の頭を撫でてきた。けれど楊としてはずいぶん沐浴もできていないので、できれば触れないでほしいのだけれども。
　しかし楊とて、ここまで放置された事情を知りたくはあるので、この際だから目の前の娘に尋ねてみた。
「出て行くって、荷運びで忙しかったっていうこと?」
　聞かれた娘は「ああそれね」と言って困った顔になる。

「それもあるんだろうけれど。お妃様の一人が『尼寺になんか行きたくない！』って最後までごねていたみたいよ？　それを昨日総出で送り出したってわけ」

「尼寺……」

娘の話に、楊はあの明の付き人から聞いたことを頭の中で思い出す。

楊のような後宮勤めは一度入れば、もう死ぬまで出られない。出るとしたら死んで墓に入る時か、尼寺行きになるくらいだと、確かあの人も言っていた。

さらに彼女はこうも言った。

『先代陛下のお妃様方は、新しい陛下の母君以外は後宮には残れないっていう仕来りだが、そのお妃様方の入れ替えはどの程度行われているものだろうか？』

なにしろ先代皇帝が死んだということは、新たな皇帝が立つということでもある。そうなると当然、後宮は人員の入れ替えが実行されるのだが、その入れ替えを強要する皇帝がいないのだから、もしや先代のお妃様方がそのまま居座っているのではないかと、そういう話であった。そしてあの人の懸念は、なんと真実であったというわけだ。

お妃様方はなんともしぶといものだが、それ程にこの後宮は居心地が良かったということだろうか？　なにしろ昨日は遅くにやってきてさっさと寝てしまったので、この後宮がどのような場所なのか、楊はこの目でちゃんと見られてはいないのだ。

「今日も尼寺へ移るお人がいるけれど、昨日ほどの大事じゃあないかな。それでもたくさん移動するんだけどさ」

さらにそう語った娘が教えてくれるには、なんでも尼寺行きとなる高貴な方々のために建てられた、広大な尼寺があるのだという。この際に側仕えである宮女や女官も一緒に連れていくらしく、それは大変な大移動である。要である重要職にある女官以外は、宦官なども含めてほぼ全員入れ替えるのだという。

「なるほど、そりゃあ確かに大事だね」

楊は納得して頷く。

昨日楊が門で見たのも、その移動だったわけだ。もし、楊が都に到着するのがもうしばらく早かったのならば、この尼寺行きの中に名を連ねていたかもしれず、なんとも奇妙な時機となったものだ。

——もしかして、厄介な時に来ちまったか？

楊は己の不運を嘆きたくなった。

色々教えてくれたこの娘は、名を趙敏という。

「『敏姉さん』って呼んでいいのよ」

そう言ってニカリと笑い先輩ぶっているが、実は楊よりも十日ほど早く勤め出したばかりである。

実家が都の商家だそうで、その伝手で勤めないかと誘われたらしい。

つまり楊は、新しい皇帝のためという名目で集められたのだ。そして新入りならば本当は、敏が今着ているようなお仕着せが支給されるらしいのだけれど、楊はそんなものを貰えていな

「きっと今は誰も手が空いていないから、すぐに貰えるかわからないし……そうだ、あそこに行こう！」

敏はしばらく思案した後、何事かを思いついて楊の手を取ると、どこかへと引っ張っていく。

「ここから適当に取っていくといいよ」

敏がそう話すのは、洗濯物が山となっているところだった。これは後宮を去る宮女たちが残したお仕着せらしく、敏自身も着替えを増やそうと適当に引っこ抜いたのだという。

「一応は洗ってあるみたいだし、誰でもやっているから遠慮しないでいいよ！」

「……まあ、この格好のままの方が目立つか」

敏にそう言われ、確かにここまで移動する際に通りすがった人からジロジロと見られた楊は、敏に一緒に大きさを選んでもらってお仕着せを手に入れる。あとはこれまた去っていった宮女が残した道具などが積んであるがらくた置き場で、桶を拝借して空き長屋に持ち帰り、井戸水を汲んで旅の汚れを落とす。

まだ早朝だというのに既に汗ばんでいるので、井戸水の冷たさが心地よい。どうやらこの長屋は楊以外に誰も住んでいないらしいので、外で裸になって身体を洗うのにも、なんのためらいもない。敏も楊の行水を手伝ってくれて、ぬか袋で背中を擦って水をかけてくれる。

そうそう、敏が言うにはこの長屋がまるごと空き家であるのも、住人を全て後宮から追い出したからであるという。

「なんだかねぇ、新しい皇帝陛下？ っていう人が、『後宮なんていらない！』って言っているんだって。『お妃はいらないから、女は皆出ていかせろ！』っていうことらしいよ。それで残ることになっているのは、その陛下の母上様の皇后様、あ、いや、もう皇太后様だったか」
「ふうん？ どんなお人なんだろうねぇ」

この敏の説明に、楊はそう返しながらも考える。

少なくとも、これまで有力な次代の話なんて聞こえてこなかった。なので噂の新皇帝陛下とやらは、太子であったり次代の有力候補ではなかったのかもしれない。楊とて端も端だが名家の一員ではあるので、そのあたりの事情はちょっとだけわかるのと、旅で聞いたあの付き人の後宮話が役立っていると言えよう。あの付き人もきっと、今頃新しい皇帝陛下の話に驚いていることだろう。

──あれ、そういえばあの人の名前はなんというんだろう？

いつも明は付き人のことを「ばあや」としか呼ばないので、楊も自然と「ばあやさん」と呼んでいた。今になって彼女の名前を聞いていないことに気付く。まあ、今後会うこともないのだろうから、本当に今更である。

しかしなるほど、昨日自身の「処女検め」をしたあの女が皇帝を良く言わなかったのは、そういう事情であったのか、と楊は納得する。「後宮はいらない」というくらいの新皇帝なのだから、きっと後宮に金を使う気もないのだろう。

──まあ、いいんじゃないの？ 人それぞれ好きにすればさぁ。

楊はそう思うし、とりあえず里を困らせる戦乱をどうにかしてくれれば、ほとんどの崔国人にと

って後宮なんてどうでもいいのだ。

敏とそんな話をしながら行水を終えた楊は、お仕着せを身につけるとようやく見られる程度の身なりになれた。これから敏に食事が貰える場所へと連れて行ってもらうのだが、敏にも朝一番からえらい世話をかけてしまったものだ。

「敏姉さん、ありがとう」

「ふふ、姉さんだから、妹分には優しくするのよ」

楊が礼を言うと嬉しそうにそう返すので、ひょっとすると敏は家族内では末子か、もしくは一人娘なのかもしれない。年配者らしく振舞えることが楽しいようなので、楊もそんな敏に付き合うのはやぶさかではない。

この時間になると空もだいぶ明るくなり、気温も上がってきた。

「今日も暑くなりそうだねぇ、荷物を運ぶのが大変だぁ」

敏がうんざりするように空を見上げて呟く。確かに、この暑さの中での肉体労働となると、倒れそうではある。

それにしても──

「綺麗なところだねぇ」

楊は思わずそう零す。

朝日の下の明るい中で見る後宮とやらの景色に、まるで別の国、いや別世界に来たかのような、

そんな気分に楊はさせられる。朱色の柱や梁が目にも鮮やかで、花が美しく手入れされた庭園が遠くに見える。そこを行き交う女たちは、皆小綺麗だったり豪奢だったりという格好をしていた。
　——都の外じゃあ、着るもの食うもの全てに困っているっていうのに。
　金はあるところにはあると聞くけれど、都とそれ以外とのこの違い過ぎるほどの差はどういうことか？　誰もかれもが笑顔だ。兵士崩れの野盗の話や、「どこそこの里が燃えて消えた」なんていう話もしていない。まるで先代皇帝の平和な世がまだ続いているかのような、そんな光景であった。
　己は一体どこへ来てしまったのだろうか？　と楊がこの後宮という場所と外との差異に酔いそうになっているところで、飯を作る匂いがしてきた。
「あそこでね、ご飯が貰えるの。お代の要らない飯屋みたいなものだから、遠慮しないで食べればいいよ」
　敏の説明を聞いて、楊はびっくり仰天するしかない。なんという贅沢であろうか？
　その飯屋みたいなところでは、飯炊きが仕事である台所番という女たちが働いているそうで、彼女たちも楊と同じ宮女であるという。
　——後宮勤めって、色々な仕事があるんだな。
　楊はお偉い人に侍って様々な雑用をやることを想像していたのだが、どうやらそれだけではないらしい。
　その食事をする場所では、すでに幾人かが食事をしていたが、敏と一緒にいる楊を見て怪訝そう

027　百花宮のお掃除係9　特装版　短編小説小冊子

にするも、特になにかを言われることはなかった。里では見知らぬ者がいたらとりあえず警戒していたので、ここでも「知らない奴め」と絡まれるかもしれないと構えていたのだが、肩透かしである。知らない者というのが、そんなにありふれているのだろうか？ それはそれで、なんだか怖い気がする楊である。

ともあれ、楊も他の皆がするように飯をくれる場所に並び、貰えたのはたっぷりと野菜の入った餡のかかったご飯だった。

——米を食べられるのか⁉

これまたびっくり仰天である。

どこの里だって、兵士に田畑が荒らされ略奪されたせいで、もうずいぶんと米も麦も見ていないだろうに。楊は米を目にして思わず涙がにじむが、その様子を敏は違うように考えたらしい。

「楊ったら、泣くくらいにお腹が空いていたの？ たくさん食べるといいよ」

そうなぐさめてくる敏にとっては、これはそれほど有難がるような食事ではないらしい。けれどいつ以来なのか忘れたくらいに久しぶりな雑穀の薄粥ではないご飯に、楊が喜びと同時に戸惑いを覚えていると。

「新しい皇帝陛下とやらのせいだよ」

「本当に、こんな大事でさぁ」

ふと、そんな会話が流れ聞こえてきた。なんの事かと、楊がちらりと目をやれば、既に食事を終えた女二人組が、声を潜めるでもなく話をしていた。

「誰だか知らないけれど、アイツを見つけてくれる奴はいらないことをしてくれたわ」
「もっと贅沢好きな男を連れてくればいいのにさ」
「それか新しい皇帝なんて探さずに、ずっとこれまでのままでよかったんだ」
どうやらあちらの話題は、新皇帝への文句であるらしい。
　──なにを言っているんだ、こいつらは？
　皇帝位が空位であるせいでどれだけの崔国人が困っているか、わからないわけじゃあないだろうに。それを「皇帝なんて探さずに、ずっとこれまでのまま」だなんて、楊からするとふざけた意見だとしか言いようがない。どこもかしこも戦だらけのこのご時世が、ずっと続くのを希望するというのか？
　しかしこの場にいる他の面々は、この二人の会話を誰も咎めない。敏だって普通に聞き流している。つまり、こんな会話は日常茶飯事、もしくは皆が考えていることだと、そういうことなのだろう。
　なんだろう、どういうことか、ひょっとして楊の方がどこかおかしいのか？　楊はそんな疑問が頭の中をぐるぐるとしていて、せっかくのお米であるというのに、すっかり食欲が失せてしまっていた。
　楊がそんな風にして朝食を食べ終わり、とりあえず長屋に戻ろうとしたところで。
「あ！」

目の前を通った女は、昨日楊を任されて「適当にやっていろ」と言った者である。
「あの、あの！」
慌てて追いかけた楊だったが、あちらは立ち止まることなくすたすたと行ってしまう。
「あの、私です！」
それでも追いかけて根気強く声をかけ続けると、女はやがてようやく自分が声をかけられているとわかったらしく、足を止めた。
「なんだいお前、誰だい？」
そして言われたのがこれである。あろうことか、楊を見ても気付かないのだ。昨日楊のことを任されたことなんて、この女の頭からすっかり消え去っていたらしい。道理であの後放置されていたわけである。
「昨日ここへやってきて、あなたから『そこらの空いたところで適当にやれ』と言われた者です」
「そんなことが……あったか？　いや、そうか、ああわかった、思い出したよ、うん！」
そう言っている女だが、表情がどこかニコニコし過ぎていて、本当に思い出したのかは怪しいものの、それをここで追及したところでなにも解決しないことくらい、楊にだってわかる。
「けど、どうやらちゃんと誰かに世話になったみたいじゃないか、よかったよかった」
いや、昨夜は誰にも世話を受けずにいたままなので、ちっとも「よかった」ではないのだけれど、これもきっと言っても詮無き事なのだろうと、ぐっと言葉を飲み込む。
「あの、私はこれからどうすればいいのですか？」

「どうすればいいって、そんなことくらいわかるだろうに。やることは一つしかない、引っ越しを終わらせることだね」

代わりに今後のことを尋ねる楊に、女は「やれやれ」という顔になる。

今どういうことになっているのかなんて、楊はなに一つ聞かせてもらっていないというのに、押しつけがましい言い方にイラっとするものの、今は我慢だ。

というわけで、楊の後宮初仕事は引っ越しの手伝いであった。

――やっぱり、たんまりと米を食っておくべきだったか。

腹が減っていて力が出ない楊は、水で腹を誤魔化すしかない。

さらには目の前にある荷車には、荷車が潰れないか？ と心配になるくらいにたんまりと荷物が積まれていた。なんとか一度にたくさんの荷物を運びたいのだろうが、さすがに積み過ぎではないか？ と楊が思っていると。

ぐらあり！

まるで楊の不安を読んだかのように、荷車が揺れるではないか。

「うわ」

しかし楊はいったいどちらへ逃げればいいものかと、一瞬戸惑っていると。

「おい、危ない！」

そこへ、どこからか男の声がしたかと思ったら、ぐいっと手を引かれた。

がたぁん、がらがら！

そのすぐ後に、荷車が倒れて楊のすぐ横へ荷物が雪崩れる。誰かに手を引かれたおかげで、荷物を被らずに済んだようだ。

「ありがとう、助かった」

楊は握られた手の主の方を振り向くと、そこには少年を脱したばかりという年頃くらいの、歳若い青年がいた。

——っていうか、男？

よくよく考えれば、ここは男が入ってはいけない後宮ではなかったか？ それとも話に聞く宦官という奴であろうか？ けれど生憎と、楊はこれまでの人生で宦官とやらを見たことがなく、ここに来ても未だに出会っていないので、目の前の男が真実それなのかどうかを判断できない。

いや、よく考えるまでもない。男が入れない場所なのだから、そこにいる男は宦官以外のなんだというのか？ 違うとしたならば、それこそつい最近現れたという皇帝だという話になる。

——そんなわけないか。

楊は後者の可能性を即座に捨てて、目の前の青年を宦官だと特定した。それにしてもまだ若いのに宦官だなんて、きっと訳ありに違いない。そう考えると、楊はこの青年を見る目が憐みのそれになるのだ。

このような楊の内心の一方で。

この青年とて、楊をじろじろと見てくる。

032

「お前、つくづくどんくさいんだな」
　そう言って、あちらも楊に憐みの目を向けてくるではないか。
「つくづく」とはどういうことか、楊はこの青年とは初対面だというのに。それにどんくさいだなんて、ちょっと腹が減ってなにをするにも力が出ないだけではないか。そう文句を言ってやりたい楊だけれども、青年が明らかに高貴そうな格好をしているので、きっと宦官でもお偉い人に違いないと思い、大人しく口をつぐむ。
　すると、なにを思ったのか青年宦官はポンと手を叩く。
「ちょうどいい。お前、供をしろ！」
「は？」
　一体なにを言われたのか、楊はとっさにはわからなかった。供とは、誰かに付き従って行動することだろうか？　一応理解はできる楊であるが、そんなことをこれまでの人生で言われたことはない。そしてそんなことを言われても困る。
「私、これからこの荷物を片付けるんだけれど」
　楊が崩れ落ちたままの荷物を指さすと、青年宦官は「ふん」と鼻を鳴らす。
「こんなもの、これだけ積んだ奴が悪いんだろうが。片付けどころか、荷分けをし直す方が先だ」
　尤もなことを言われたが、それと楊が供をしろと言われることとは話が別だ。
「そうだけれど、つまり私には仕事があるんだよ」
「そんなことはいいんだよ、供もなく出歩くなとうるさいんだ。ならば供がいればいいんだから、

「お前一緒に来い」
なんとも話が通じない上に強引な男で、ぐいぐいと引っ張られて連れていかれたのは、なんと門の横にある戸から出た先であった。
「は、外に出るのかい？」
「そうでなければ、お前はなんのためにこんな外れにまで来たというんだ」
 怪訝そうにする楊に、青年宦官が「当然だろう」という顔で言ってくる。
 確かに誰かの引っ越し荷物を積んでいた荷車があって、そのまま外の者に引き渡せる場所であったけれども。楊はこの荷車を出すまでが仕事であって、自分がその外へと出る予定ではなかった。

 ──いいのかい、これは？
 楊は不安になるが、この青年宦官が連れ出したのだから、駄目だったとしても叱られるのはこの青年宦官の方だろう、と考えた。というよりここで断るとしても、身分が高そうな青年宦官に楊が逆らえる気がしない。
 この時楊が不幸であったのは、後宮での決まり事をなに一つ説明されていなかったことだろう。楊が知っていたのは、明(ミン)の付き人から聞かされた後宮話だけであり、そこから色々とするべき行動を推測しているに過ぎないのだ。だからなにが悪くてなにが悪くないのか、わからない楊に罪はないだろう。
 ともあれ、楊を連れ出してしまった青年宦官はずんずんと歩いていく。

「まったく、都という所はどこもかしこも息が詰まる！」
 そして楊に向けてなのか独り言なのか、そう大声で話す。
「都人というのはまったくのん気で危機感がない。こんな連中は、山だとすぐに獣に襲われて死ぬだろうよ！」
 青年宦官の憤然とした様子に、楊はただ「ふん」と相槌を打つのみだ。
「そう思わないか？ お前も」
 すると楊の気の無い相槌が気に障ったのか、青年宦官がこちらに向かって問いかけてきた。
「いや、そりゃあわからないんじゃあないかね？」
 適当に聞き流していた楊は「そもそも一体何の話であったのか」と首を捻りつつ、なんとか無難な答えを口にする。
 しかし、これまた青年宦官の気に障ったらしい。
「わかるさ！ まったく都人っていうのは、戦なんてなんにも見たことがないくせに、まるで戦場に立ったことがあるかのような調子で意見するのだから！」
 声高に叫ぶ青年宦官に、楊は「えっ」と声を漏らす。
「都の連中は戦を見たことがないのか？」
 楊が思わずそう問うのに、
「そうだ、だからどいつもこいつもお気楽そうな顔をしているだろう」
 青年宦官はそう告げて顎でそこいらの通行人を指し示す。

「そんなことって……」

里で暮らしていた頃は、戦というのは楊の日常だった。それは他のどこでも同じだろうと思っていたのに、戦を見ずに済む連中というのがいるものなのか？　もし青年宦官の言う通り、都人たちがそうだというならば、よほど都から一歩も出ずに引きこもっているのだろうか？

だが一方で、楊は都に来てから感じている違和感の正体がわかった気がするのだ。

楊を「処女検め」した女は、戦というものを他人事みたいに言っていた。楊が戦のせいで遅れたと話しても、言葉の意味がわかっていない風であったのだ。他の女たちも、誰もが楽しくにこやかで、幸せそうに過ごしている。まるで先代皇帝の平和な御世が未だ続いているかのように。

彼女たちはもしかして、この国のあちらこちらで血なまぐさい戦が溢れ返っていて、年寄りから赤ん坊まで大勢が殺されているという事実を知らないのだろうか？　都の中だけは平和だとしたら、それはなんと不公平なのだろうか。

「ずるいねぇ、どうして都だけそんな良い思いをしているんだか」

思わずそう零す楊に、青年宦官が眉を上げた。

「そんなものは決まっている。戦をしている連中は国盗りをしたいんだ。なら、宮城はいつか自分が住む家なのだから、家はできるだけ壊したくないだろう？」

青年宦官の言い分は、言い得て妙であった。確かにこれから引っ越すつもりの家を壊す馬鹿はいないだろう。

「都から出たことのない兵よりも、昨日に見たどこぞから召集されて来たという新入りの坊やの方

036

が、まだ使えるというものだな」
　青年宦官がそう述べるが、宦官とは兵士とも顔を合わせるものなのか？　と楊は首を捻る。いかんせん、楊の中で宦官についての情報が少なすぎる。
　なにはともあれ、それからも青年宦官は盛大に不満をぶちまけ続けたことで、ある程度満足できたらしい。
「ああ、腹が立ったら腹が減ったな、親父、その揚げ饅頭をくれ！」
　文句を言いながらいつのまにか大きな通りまで出てきたようで、目についた屋台の男にそう声をかけた。
「おうよ、二つかい？」
「ああ」
　屋台の男に聞かれて頷いた青年宦官は二つの揚げ饅頭を受け取ると、その一つを楊に渡してくれた。なんと、揚げ饅頭を買ってくれたらしい。
「……ありがとう」
　ちょうど腹が減っていた楊は、遠慮せずにありがたく揚げ饅頭を貰うと、がぶりと頬張る。水あめが絡められていて、ほんのりとした甘さがとても美味しい。朝食時に失せた食欲が戻ってきたみたいで、あっという間にペロリと食べてしまった。
　そんな揚げ饅頭に夢中になっていた楊に、青年宦官が呆れ顔になる。
「周りも見ずにがっつく奴め、今度は掏りにあっても助けないぞ」

037　百花宮のお掃除係9　特装版　短編小説小冊子

急にそのように言われて、楊はきょとんとしてしまう。「今度」ということは前があったということで、楊は「一体なんのことを言われているのか」と一瞬訝しむのだが、思えば掘りの記憶はつい最近のことである。

「ひょっとしてあの時の声の!?」

「今頃気付くとは、やはりどんくさい奴め」

驚きに目を見張る楊に、青年宦官がまたまた呆れ顔になる。

すると、その時。

「あ、楊さん！」

都までの旅の間にすっかり聞きなれた声が、ふいに楊の耳に飛び込んできた。楊が声の方を振り向けば、そこにいたのは——

「おや、明様ではないかい」

そう、昨日都に入ってすぐにわかれた明永（ミンヨン）が、何故か通りを歩いているではないか。荷物を抱えた明が、小走りに楊の方へと寄ってくる。

「奇遇だね、私は生活に必要なものを買い出し中で、ばあやは家で片付けをしているんだ。聞いておくれよ、独り者が入る宿舎はもう一杯らしくて、街中に住むことになっていって、しばらくばあやも一緒。ちぇっ、せっかく独り立ちできると思ったのに、まだばあやと一緒だなんて」

明は誰かに愚痴りたかったらしく、早口にそう言ってくる。なんと、都に送り届けるだけの役目

であったばあやさんが、まだ都にいることになったらしい。
　——都っていう場所が嫌な風だったのにねぇ。
　ばあやさん本人はさぞかし不本意だろうが、この明は少々ぼんやりとしたところのあるお坊ちゃんであるので、むしろそれで良かったのかもしれない、なんて楊は他人事ながら思う。
「おや、昨日の新兵ではないか。お前たちは知り合いだったのか」
　するとそこへ、青年宦官が話に割って入ってきた。この青年宦官は、どうやら明のことを知っているらしい。
　——宦官ってのは、兵士の顔も知っているものなのかい。
　楊がそのように考えていると。
「へっ、誰……？」
　一方でどうやら明は、楊の隣の青年宦官のことを視界に入れていなかったらしく、突然声をかけられて怪訝そうな顔になるのだが。
「……！」
　それが青年宦官を目にした途端、驚愕の表情で固まってしまう。
「皇帝陛モガッ」
「しいっ、大きな声を出すな！」
　さらには唐突に大声を上げかけた明に、青年宦官が慌てたように口を押さえる。しかし、楊は聞こえてしまった。

——今、「皇帝陛下」って言いかけなかったか？
　これには楊もぎょっとする。まさかあの時「そんなわけがない」と切り捨てた方の可能性が、ひょっとして大正解だったというのか？ まさかあの時「そんなわけがない」と切り捨てた方の可能性が、ひょっとして大正解だったというのか？
　けど、楊へそんなことに気付けという方が無理難題ではないだろうか？　誰もまさか、皇帝がこんなに若いだなんて言ってくれなかったのだから。楊はてっきり、もう少し年配のおじさんだとばかり思っていたのに。
　いや、そもそもがこんな事実に気付かないままであったならばよかった。物知らずの新人宮女を青年宦官が勝手に連れ回した、というだけのことなのだから。余計な知識をつけてしまえば、そういうわけにはいかなくなる。
　——まったく、この坊やがいらぬことを言うから！
「余計なことを言ってくれたよ」
「道連れは多い方がいい、お前も付き合え！」
「え、え？」
　楊に睨まれ、青年宦官——もとい若き新皇帝が明の肩をがっちりとつかむ。こうして逃げそこねた明は、うろたえてきょろきょろとするばかりだ。
　これが後々にまで妙に縁付いてしまった、楊と明、そして志偉（シェイ）の出会いであった。
　そして後に後宮へと戻り、勝手に持ち場を離れた楊が大変叱られるのに、この新皇帝の威光はあまり役に立たなかったことだけは言っておきたい。外へ出たことだけはなんとか誤魔化せたようだ

が、全く顔の利かない皇帝陛下である。

　　　　＊＊＊

「……なんていうか、知らないって怖いですね」
　雨妹がそう話すのは、美娜（メイナ）がなにかおやつを作っていないかとたまたま顔を出した食堂にて、そこに雨妹と同じ目的で居合わせた楊から、気まぐれに聞かされた昔話についてであった。
　楊と明、そしてあの父のめぐり合わせは、なんとも奇妙な偶然の賜物（たまもの）といえるだろうが、それについての雨妹の感想がコレである。
「そうさねぇ」
　楊も「ほう」とため息を吐く。
「私がもう少し後宮を知っていて、あのお方が宮女を勝手に連れ出せばまずいことになると知っていて、あの明だって後宮に入った女がおいそれと街に出られやしないと知っていたら、あんな風にはならなかっただろうねぇ」
　そう、三人が三人とも物知らずだったからこそ起きたことだろう。そしてそこから縁がずっと続くのだから、腐れ縁にしてもかなり発酵の進んだ縁である。
　けれど、ここで雨妹は気になることがあった。
「楊おばさんにとって、若い頃のあのお方は、好ましい殿方ではなかったのですか？」

そう、前世でも今世でも、「田舎娘が若き権力者に出会う」というのは、恋物語の定番中の定番であろう。「素敵、強そう、好き！」とはならなかったのだろうか？

この雨妹の疑問に、しかし楊は嫌そうな顔になった。

「よしておくれよ、私にだって男の好みっていうものがあるんだ」

そう話す楊。「畏れ多い」ではなくて「好みがある」とは、意外な切り返しだ。

——あの父だって、男前な方だと思うんだけどなぁ？

首を捻る雨妹に、楊が告げる。

「私はもっと線が細くて、色白で、それでいてしなやかな仕草の男が好きなんだ」

「へぇ～！」

楊の意外な好みに、雨妹が目を丸くしていると。

「なんだい楊さん、また宝様の話かい？」

美娜が皿を持って話に割り入ってきたのだが、それにしても聞き覚えのない名前を言われた。

「宝様、って誰ですか？」

尋ねる雨妹に、「おや知らないのかい？」と美娜が教えてくれる。

「人気の役者だよ。宮城での催しにいつも招待される、有名な演劇集団の看板役者さ。アタシらも観劇できる狭間の宮での催しだと、宝様目当ての女でいつだって満員さ」

なんと、演劇とはなんとも面白そうだ。

「演劇かぁ、一度見てみたいですね！」

「観劇の席はあっという間になくなっちまうから、まあ難しいさね」
キラリと目を光らせる雨妹に、美娜がそう言って苦笑する。
「宝様を見るのが待ち遠しいねぇ。汗くさい筋肉野郎どもなんてお呼びじゃないんだ、宝様こそ理想の男だよ」
楊は手をひらひらとしながらそう言うと、その宝様とやらを思い描いているのか、うっとりとした顔になる。

——なるほど、楊おばさんのこの様子だと、相当熱烈に愛好しているんだなぁ。
しかしこれで、楊が父や明と仲がよさそうであるのに、恋に発展しなかった理由がわかった。楊の好みからまるっきり外れている二人であったのか。雨妹は実はこれまで密かに気になっていたのだが、これですっきり解決である。
このようにして、雨妹が楊の意外な一面を知れたところで。
「そんなことよりもほら、山芋の飴がけだよ。山芋が余って悪くなりそうなんだ」
美娜が手に持っていた皿を雨妹たちの卓にドン、と置いた。
「わ、美味しそう！」
揚げた山芋に飴を絡めてあって、見た目だと前世の大学芋に近いだろう。さっそく一つ皿から取ると、まだ温かい飴が細い糸をひくのが、なんとも楽しい。
そしてパクリ、と口に入れると。
「甘い〜♪」

山芋のホクホク感と、飴のパリッと感とが合わさるのがたまらなく美味しくて、雨妹はふにゃりと頬を緩ませました。
「うん、美味いねぇ」
「だろう？」
楊と美娜も同じく頬を緩めながら食べる。
こうやって、食堂で女三人の賑やかな声が響くのだった。

あとがき

みなさまどうも、黒辺あゆみです！

ありがたくも短編小冊子の第二弾を出していただくことができ、読者様には本当に感謝です。

ところで、小冊子第一弾は短編集ということで、三つのエピソードを掲載していただいたのですが、今回はどどんとエピソード一本でやらせていただきました！

最初は前回同様に、短編三本でやろうと思ったんですけどね？ というのも、短編候補に挙げた楊さんのエピソードを考えていると、なかなかネタを練るのが難しい。特に皇帝陛下とのアレコレについて語っていない部分が大きすぎて、どこまでを書くのかが微妙なんですよねぇ。

とまで考えて、ふと思った。

別段私は楊さんの過去エピソードを隠して引っ張るつもりじゃあなかった。単に、「このネタを書く場所がなかった」というだけのこと。だって、皇帝陛下のエピソードって、マジで書こうとすると戦記物になるじゃん？ 私は戦記を書きたいわけじゃあないし、得意だとも思わない。ネタとして必要ならば書くけれど、実際にはあんまり必要とされない。

これが太子や立勇(リーヨン)の過去であれば、一応立勇を雨妹(ユイメイ)の相棒というメインキャストとして扱ってい

045 あとがき

るということから、本編でも語りやすいんでしょうけれど。雨妹パパンはともかく、楊さんと明様はねぇ、メイン張っているわけじゃあないし。主役の雨妹の視界から外れると、どうしても書くチャンスがなくなってしまうんですよね。つまり、設定としてはちゃんとあるんだけれど、なんとなく扱いに困る、それがこの三人組でありました。

けれど最近自己主張が強めになってきた雨妹パパンなので、どこかで過去のことを書きたい気もする。

……って、ここまで考えてから「あれ？」と思う。過去を書く場所ってあるじゃん？　むしろココでないと書くチャンスはないんじゃあないの!?

という経緯を経て、今に至るのです。

そんなことで、「皇帝陛下と愉快な仲間たちの出会い編、伝説の女官を添えて」を楊さん目線でお送りしました。

書きながら自分では、非常に、非常に楽しかった！　……のですけれど、頭のすみっこでは冷静に、「これ、どこに需要がある話？　誰得なの？」ともう一人の私が囁いていたりもして。それでも心を強くもって書き貫きましたよ（笑）。

舞台は皇帝陛下が担ぎ出されたばかりの戦乱期。右も左もわからない田舎者を、なんとか利用して甘い汁を搾り取ろうとする後宮や宮城の面々の中で、孤軍奮闘を始めなければならなかった志偉（シェイ）少年であります。そこへ、楊さんと明くんという鴨が葱（ねぎ）を背負ってやってきたという、そんなお話

046

ですかね、え、違いました？

絶対安全な場所で偉そうにしているだけの人たちと庶民との差異に、これからびっくりして苦しむ楊ですが、同時に面倒見の良い姉御肌なところがあるので、志偉や明くんのことを放置できずについ面倒を見てしまい、そのせいで男どもに懐かれて腐れ縁になっていくわけですよ。

この後大人になった明くんは、この時楊さんにさんざん甘えたのが後々恥ずかしくなってしまい、反抗期よろしく楊さんのことを口悪く言ってしまう、というところまでがワンセット。甘えん坊ってこういうところありますよねぇ。

そんなこんなで、雨妹の視点から外れた過去編を、読者様には楽しんでいただけたのであれば幸いです。

「まだ読んでいない、先にあとがきを読んだよ」という読者様には、ぜひニマニマと楽しんでいただきたく思います！

047　あとがき

お便りはこちらまで

〒102-8177
東京都千代田区富士見2-13-3
株式会社KADOKAWA
カドカワBOOKS編集部　気付
黒辺あゆみ（様）宛
しのとうこ（様）宛